FOLIO JUNIOR

Titre original : *Cool !*
Édition originale publiée par Collins, Londres, 2002
© Michael Morpurgo, 2002, pour le texte
© Michael Foreman, 2002, pour les illustrations
© Éditions Gallimard Jeunesse, 2004, pour la traduction

Michael Morpurgo

COOL !

Illustré
par Michael Foreman

Traduit de l'anglais
par Diane Ménard

FOLIO JUNIOR
GALLIMARD JEUNESSE

Pour la famille Foreman

ACCIDENT DE VOITURE : UN ENFANT DANS LE COMA

Robbie Ainsley, 10 ans, de Tiverton, a été admis ce soir dans le service de réanimation de l'hôpital Wonford, d'Exeter, après avoir été renversé par une voiture en sortant de chez lui. L'enfant est dans le coma. D'après les médecins, son état est grave mais stationnaire.

Le conducteur du véhicule, un homme d'une quarantaine d'années, est interrogé par la police.

Je pense beaucoup à Lucky, et j'aimerais mieux pas, parce que Lucky est mort. Et ça, ça me rend triste. Son nom, c'est moi qui l'avais choisi, Lucky : celui qui a de la chance. Eh bien, on ne peut pas dire qu'il en ait eu tellement, le pauvre ! Je voudrais pleurer, mais je n'y arrive pas. Le pire, c'est que je ne sais pas pourquoi je ne peux pas pleurer. Je ne peux pas, c'est tout.

Parfois, je me dis que je fais peut-être un mauvais rêve, un terrible cauchemar, que je vais bientôt me réveiller, que Lucky sera vivant et que tout sera comme avant. Mais pour qu'un rêve ou un cauchemar finisse, il faut se réveiller, et je ne peux pas me réveiller. J'essaie. J'essaie sans arrêt, mais je ne peux pas. Je sais que ce n'est pas un rêve, que ce qui nous est arrivé, à Lucky et à moi, était réel, était vrai, que Lucky est mort et que je suis enfermé dans ma tête sans pouvoir en sortir.

Je ne peux pas me réveiller. Mais je peux entendre. Je peux sentir aussi. Et je peux me rappeler. Je me rappelle tout, absolument tout ce qui s'est passé. C'était samedi, juste après le petit déjeuner. J'avais tout le week-end devant moi. Un petit foot dans le parc avec Marty et les autres. Et dimanche, j'irais voir Papa. On ferait de la voile ensemble à Salcombe. Je mourais d'envie d'y être.

Le téléphone a sonné. Papa. Ce ne pouvait être que lui. Il téléphonait toujours le samedi matin. Comme d'habitude, Mam n'a pas répondu tout de suite. Elle a laissé sonner plusieurs fois. Et quand elle a décroché, elle n'était pas aimable du tout. Ça fait longtemps qu'elle n'est plus aimable avec Papa. Lucky a jappé après le téléphone. Lucky jappait comme un chiot après n'importe quoi – le facteur, le laitier, une mouche à la fenêtre, un chien à la télé. Ce n'était plus un chiot. Il était même plus vieux que moi. Mais il n'avait jamais grandi. Toujours vif, toujours remuant.

Mam avait le téléphone à la main, et j'entendais Papa qui disait :

– Allô ? Allô ?

– Emmène-le se promener, Robbie, m'a demandé Mam, en ignorant Papa au bout du fil. J'ai deux ou trois choses à dire à ton père.

Elle a toujours « deux ou trois choses à dire » à Papa, mais ils ne règlent jamais leurs problèmes. Je me suis assis là parce que je voulais écouter leur conversation et savoir ce qui se passait.

– Robbie ! Obéis maintenant. Emmène Lucky se promener.

J'ai fait semblant de ne pas avoir entendu.

– Robbie, s'il te plaît, emmène ce chien dehors. Bon, si tu veux, tu peux t'acheter une glace.

– Cool ! j'ai dit.

Elle est devenue folle de rage.

– Ne dis pas « cool ». Tu sais que ça m'exaspère. Allez, file, maintenant !

– OK. Cool, j'ai répété, uniquement pour l'énerver. Viens, Lucky. On va se promener.

Ellie m'a appelé du haut de l'escalier, pour me demander si elle pouvait venir avec moi. Je lui ai dit non, parce qu'elle met un temps fou à enfiler ses bottes, et parce qu'elle veut toujours s'arrêter pour donner à manger aux canards. Lucky sautait dans tous les sens et aboyait. Il venait d'entendre le meilleur mot du monde : « promener ». Dès que j'ai ouvert la porte d'entrée, il est parti comme une flèche dans l'allée, sans cesser de japper. Nous allions faire un tour au parc, et il s'en réjouissait d'avance.

D'habitude, je lui mets sa laisse en arrivant au portail, et il sautille comme un fou pendant que je l'ouvre. Cette fois, j'ai vu le chat, le gros chat tigré de Mrs Chilton. Il était assis sur le mur, au soleil, et se léchait la patte, de l'autre côté de la route. Mais notre portail était déjà ouvert. Quelqu'un avait oublié de le fermer.

Ensuite, tout est arrivé très vite. Lucky est parti ventre à terre, en grognant et en jappant, ses petites pattes courant à toute allure dans l'allée. Moi, je riais, tellement il était drôle. Soudain, je me suis arrêté de rire, car j'ai vu le danger que j'aurais dû voir avant. J'ai crié, mais il était trop tard.

Lucky avait franchi le portail, il était sur la route avant que j'aie pu l'arrêter. J'ai couru derrière lui. J'ai entendu la voiture, j'ai entendu les freins grincer, j'ai vu Lucky disparaître sous les roues. Mais je n'ai pas vu la voiture qui m'a heurté, moi. Je l'ai sentie, cependant. J'ai même entendu mon propre cri. Je volais en l'air, puis je retombais et roulais par terre.

Je me suis retrouvé dans l'ambulance. Mais je n'arrivais pas à me réveiller. Plus rien ne semblait fonctionner. Je ne pouvais pas du tout bouger, ni mes doigts, ni mes jambes, rien. Pourtant, à l'intérieur de ma tête, je m'étais réveillé. A l'intérieur, j'étais parfaitement réveillé.

Je me rappelle avoir pensé dans l'ambulance : « Je suis peut-être mort. On se sent peut-être comme ça quand on est mort. » J'ai beaucoup réfléchi depuis ce moment-là et ce n'est plus tellement ce qui m'inquiète. Je sais que je ne peux pas être mort, parce que ma jambe me fait tout le temps mal, et ma tête aussi. J'ai l'impression d'avoir été piétiné par un troupeau d'éléphants. Et je me dis qu'on ne peut pas avoir mal quand on est mort, c'est vrai, non ?

J'entendais Mam pleurer, et l'homme de l'ambulance lui dire que tout irait bien, qu'elle ne devait pas s'en faire, que l'hôpital n'était pas loin. Je me rappelle qu'il a mis un masque sur ma bouche. Lorsque nous sommes arrivés, j'ai senti l'air frais sur mon visage. Mam me tenait la main tout le temps. Elle m'embrassait en pleurant, et j'aurais voulu ouvrir les yeux, lui dire que j'allais bien. Mais je ne pouvais pas, et je ne peux toujours pas.

Elle est là, dans ma chambre en ce moment, avec Ellie. Il y a des jours où je ne pouvais pas supporter ma petite sœur – elle est tellement embêtante, quand elle s'y met ! Maintenant je donnerais n'importe quoi, vraiment n'importe quoi, pour être simplement capable d'ouvrir les yeux et de la revoir.

Mam et Ellie ne pleurent plus autant qu'au début, Dieu merci. Le docteur Fortaleine leur a dit que ça ne servirait qu'à me démoraliser, qu'il vaut mieux me parler, que je peux les entendre. Mais à la façon dont elles me parlent, je sais qu'elles n'y croient pas vraiment. Elles se contentent d'espérer. Elles s'efforcent de m'adresser la parole quelquefois, mais la plupart du temps, elles ne me parlent pas à moi, elles parlent de moi, comme en ce moment.

– Il est tout rouge, dit Ellie en me touchant la joue.

Je sens la pointe de son petit ongle.

– Et il est tout chaud, aussi.

Elle s'est assise sur mon lit et elle joue avec mes doigts comme si c'était des jouets. « Un petit cochon est allé au marché, un petit cochon est resté à la maison... » Elle a déjà récité sa comptine tout à l'heure. Elle va aller jusqu'au bout, et finir par me chatouiller. Ça y est, nous y sommes : « Et un petit cochon couine ouin ouin ouin pendant tout le chemin. » Elle fait alors remonter ses petits doigts le long de mon bras. Ça me chatouille, mais je ne peux pas glousser ni me tortiller, comme elle le voudrait. J'aimerais me réveiller et la chatouiller à mon tour, jusqu'à ce qu'elle n'en puisse plus. J'adore la faire rire. Mais je n'y arrive pas. Je ne peux pas.

– Pourquoi Robbie a ces tuyaux dans la bouche, Maman ? demande-t-elle encore une fois.

Et encore une fois, Mam lui explique ce que c'est, et lui dit de ne pas y toucher.

– Pourquoi il ne se réveille pas, Maman ?

– Il va se réveiller, Ellie, ne t'inquiète pas. Quand il sera prêt. Pour le moment, il dort, il est fatigué.

– Pourquoi il est fatigué ?

Mam ne dit rien, elle ne trouve pas de réponse.

Il y a tant de questions que je voudrais lui poser. Je voudrais lui demander à quoi servent tous ces tuyaux. Je suis plein d'horribles tubes qui entrent en moi et qui en sortent. Je voudrais lui demander des nouvelles de Lucky. Est-il vraiment mort ? Dis-le-moi. Il faut que je le sache. Je voudrais aussi savoir si Chelsea a gagné samedi. Est-ce que Zola a marqué ? Je parie que oui. C'est le joueur le plus cool du monde. Le meilleur.

Autre chose, aussi. Depuis combien de temps est-ce que je suis couché ici, dans ce lit ? Le problème, c'est qu'il n'y a ni jour ni nuit pour moi, pas d'hier, pas d'aujourd'hui, pas de demain. Alors, j'ai du mal à savoir depuis quand je suis là. A mon avis, ça doit faire trois ou quatre jours. Mais je n'en suis pas sûr.

Je somnole beaucoup, mais je ne sais jamais combien de temps. J'ai envie de me rendormir, maintenant. J'ai terriblement sommeil. Quand je me réveillerai, Mam sera toujours là, avec Ellie, et probablement avec Mamie – Mamie est juste sortie faire des courses. Ou peut-être que Papa sera là, à leur place, ou le docteur Fortaleine, en train de m'injecter une chose dans le corps ou de m'en prélever une autre.

Ou bien, ce sera Tracey, qui sera revenue s'occuper de moi. C'est mon infirmière, et elle est vraiment cool. Elle sent bon. Un parfum de fleurs. Pas comme le docteur Fortaleine, qui sent l'ail.

Tracey chante souvent en travaillant. Elle a ses chansons et ses chanteurs préférés – John Lennon et Kirsty MacColl. Elle dit que personne ne chante mieux que Kirsty MacColl. Parfois, elle met des CD. Tracey me confie des secrets, aussi. J'ai découvert que c'est l'avantage d'être dans le coma : parfois, les gens me confient des secrets. Peut-être parce qu'ils ne croient pas vraiment que je les entends, ni que je me réveillerai un jour. Mais je les entends, et je me réveillerai. Tracey me parle sans arrêt de son copain Trevor. Je sais tout : où ils sont allés la veille au soir, ce qu'il lui a dit en la raccompagnant. Trevor ! Quel nom !

Elle était encore furieuse après lui, ce matin, parce qu'il a oublié son anniversaire. Soit elle lui en veut à mort, soit elle l'aime à la folie. Elle ne peut pas se décider. A mon avis, c'est un ringard,

un vrai ringard. Je le lui dirai quand je me réveillerai.

Je somnole de nouveau, je me laisse gagner par le sommeil. Mais Mam ne me laisse pas m'endormir. Elle se penche sur moi. Elle est toujours là. Tout près. Je sens sa chaleur, je sens ses cheveux me caresser le visage pendant qu'elle m'embrasse.

– Ton père passera te voir plus tard, Robbie. Et je reviendrai demain.

Elle pleure.

– S'il te plaît, réveille-toi, Robbie, s'il te plaît.

J'essaie, Mam, j'essaie. Ellie m'embrasse aussi. J'ai une oreille mouillée, maintenant.

– Je t'ai apporté Pongo, dit-elle. Il va s'occuper de toi. Il va t'aider à te réveiller.

Pongo est un lapin en peluche bleu clair, aux oreilles tombantes, et aux yeux roses. C'est le jouet qu'elle préfère, et de loin. Elle est très malheureuse sans lui. Je voudrais l'embrasser. Je voudrais la remercier. Je voudrais lui dire que Pongo est cool, vraiment cool. Mais elles sont parties, et je reste seul.

PRIÈRES A L'ÉCOLE POUR L'ENFANT DANS LE COMA

Ce matin à l'école primaire de Tiverton, on a récité des prières pour Robbie Ainsley qui a été renversé par une voiture la semaine dernière. La directrice, Mrs Tinley, a déclaré : « Robbie est un garçon très apprécié de ses camarades et de ses professeurs. Il joue avant-centre dans l'équipe de football de l'école, chante dans la chorale et a récemment tenu le rôle d'Oliver Twist dans notre représentation de la comédie musicale *Oliver*. »

Robbie Ainsley est toujours dans le coma, en réanimation à l'hôpital Wonford, où les médecins jugent son état stationnaire.

Papa est là. Il vient presque tous les jours, mais jamais en même temps que Mam. Ils ne font plus rien ensemble depuis qu'il a déménagé. Il me lit un livre. *Le Bon Gros Géant* encore une fois. C'est toujours *Le BGG*. J'aime bien cette histoire, mais pas à ce point-là ! Je sais pourquoi il fait ça. Le docteur Fortaleine répète la même chose aux gens qui viennent me voir : d'après lui, n'importe quoi peut me réveiller n'importe quand – une voix que je reconnais, un livre ou une chanson que j'aime, une grande surprise. Il dit que chacun doit essayer de trouver le moyen de venir jusqu'à moi, et que l'une des meilleures façons est de me rafraîchir la mémoire.

Papa est donc assis là, en train de me lire *Le BGG*. Je le connais par cœur, Pap, et ça ne me réveille pas. Je préférerais que tu me parles, comme avant. Mais il ne le fait pas. Il dit toujours exactement la même chose quand il arrive dans ma chambre :

– Bonjour, Robbie. Alors, ça va ?

C'est une question idiote, Pap. Puis il m'embrasse sur le front, me tapote la main, s'assied et commence à lire. Il ne me dit même pas qui a gagné au foot.

Parfois il s'arrête de lire pendant quelques instants, et je l'entends respirer, je sens qu'il reste assis là, à me regarder. C'est ce qu'il fait en ce moment. Je le sais. Il rapproche sa chaise du lit. Il va me parler. Il va me dire quelque chose.

– Robbie ? Robbie ? Tu es là ?

Bien sûr que je suis là, où veux-tu que je sois ? Mon nez me démange, Pap. J'aimerais bien que tu le grattes pour moi. J'aimerais encore mieux pouvoir le gratter moi-même.

– Dis quelque chose, Robbie. Bouge un doigt ou quelque chose. S'il te plaît.

Je ne peux pas, Pap. Tu ne crois pas que je le ferais si je pouvais ?

– Alors, je vais finir le chapitre, d'accord ?

Il s'est encore rapproché de moi, je sens son souffle sur mon oreille.

– C'est *Le BGG*, Robbie. Celui que tu préfères.

Je sais, Papa. Ne me le lis pas, s'il te plaît. Parle-moi, plutôt. Mais je l'entends tourner les pages. Et il recommence. Je ne devrais pas me plaindre. Il le lit à merveille. Bon, c'est normal, il est comédien, après tout. Quand il fait le Bon Gros Géant, il est vraiment cool, avec sa voix retentissante et drôle, comme un rire tonitruant.

Super ! Tracey revient. Elle chante. J'adore l'entendre chanter. *Days I'll remember all my Life*[1]. Kirsty MacColl. Je me sens tout content, ça me réchauffe à l'intérieur.

– Bonjour, Mr Ainsley, dit-elle avec bonne humeur. Comment ça va aujourd'hui ? Comment va Robbie ?

– Toujours pareil, dit Papa. Exactement pareil.

---

1. « Des jours dont je me souviendrai toute ma vie. »

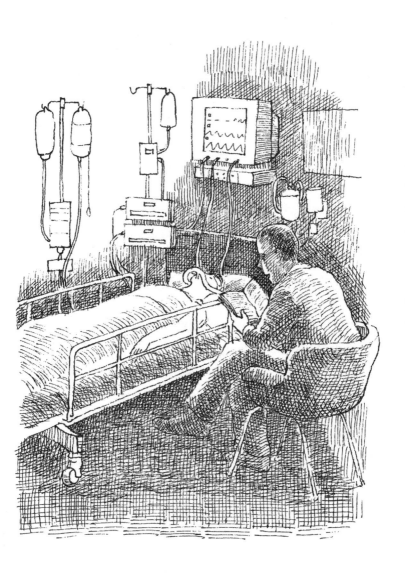

Parfois, je me demande à quoi bon. J'ai l'impression qu'il ne sait même pas que je suis là.

Quelle voix sinistre ! Il pourrait faire un effort.

– Vous vous trompez, dit Tracey. Il le sait très bien, n'est-ce pas, Robbie ? Je sais qu'il le sait, Mr Ainsley.

Elle est en train de changer le pansement que j'ai autour de la tête.

– Il en sait beaucoup plus que vous ne pensez, j'en suis certaine. Il se débrouille bien, Mr Ainsley. Ce qui ne lui sert à rien, en revanche, ce sont les gens qui deviennent fous d'inquiétude pour lui.

Dis-lui, Tracey. Je sens la tiédeur de ses mains sur ma tête.

– Bon, la bosse sur sa tête se résorbe très bien, et c'est exactement ce qu'il faut. Mais c'est enflé à l'intérieur, Mr Ainsley. Et c'est le gros problème. Il faudrait que ce gonflement disparaisse lui aussi, alors avec un peu de chance et beaucoup de soutien, il sortira du coma.

– La directrice de l'école, Mrs Tinley, m'a donné cette cassette pour Robbie, dit Papa. Les enfants de sa classe lui ont envoyé des messages, vous savez, des messages de bon rétablissement. Elle a pensé que ça pourrait lui être utile, que ça pourrait l'aider à se réveiller. Qu'est-ce que vous en pensez?

— C'est vraiment gentil, dit Tracey. Et en plus, c'est une excellente idée. Je vais chercher un lecteur de cassettes. Nous en avons un quelque part.

Elle sort, nous laissant de nouveau seuls, Papa et moi.

Il y a un moment de silence, et soudain Pap se met à parler. Pour la première fois, il s'adresse vraiment à moi comme s'il était convaincu que je peux l'entendre.

— Robbie, tu sais, à propos de ta mère et moi... Nous nous en voulons tous les deux. Elle pense que si elle ne t'avait pas envoyé te promener avec Lucky au parc, il ne vous serait rien arrivé. Et si j'avais été à la maison, c'est moi qui vous aurais emmenés au parc. J'aurais dû être là pour m'occuper de vous. Il y a autre chose aussi, Robbie. Quand on s'est séparés... J'aurais dû t'en parler avant, j'aurais dû t'expliquer. C'est surtout ma faute, pas celle de Mam. Je ne trouvais pas de travail, Robbie, alors j'ai perdu le moral, j'étais dégoûté de tout, complètement déprimé. Je ne servais plus à personne – ni à elle, ni à toi, ni à Ellie. Mam en a eu assez de me voir broyer du noir toute la journée et m'apitoyer sur mon sort. Je ne lui en veux pas. Nous nous sommes tous les deux dit des choses que nous n'aurions pas dû dire. Elle m'a profondément blessé et je l'ai profondément blessée.

Papa ne m'avait encore jamais, absolument jamais, parlé de cette façon. Il ne s'adresse plus du tout à moi comme à un enfant. J'aime ça. J'aime beaucoup ça.

– J'ai retrouvé du travail, Robbie. Ce n'est pas grand-chose, juste un petit rôle dans une série policière à la télé. Mais c'est déjà ça, c'est un début. Je vais retomber sur mes pieds. Je reviendrais à la maison sans hésiter, mais je crois que j'ai tout gâché et je ne sais pas si Mam voudrait encore de moi.

Bien sûr qu'elle voudrait, Pap. Demande-lui.

Tu lui manques terriblement. Et à nous aussi. Demande-lui, Pap. Allez, demande-lui! Je voudrais le lui crier. Mais je n'arrive même pas à ouvrir la bouche pour parler.

Tracey revient.

– Voilà, dit-elle. Je mets la cassette, d'accord? Pas trop fort. Bonne chance.

Et elle repart.

– Ce sont tes copains de classe, Robbie. Ils ont tous voulu te dire bonjour. C'est sympa, non?

Tous? Ça m'étonnerait, Pap. Certainement pas Barry Bolshaw, cette grosse brute, qui se jette sur moi dès qu'il peut, juste pour rigoler, comme il dit. Je le déteste, et il me déteste. Je ne sais pas bien prononcer les « r », alors il m'appelle « Wobbie » ou « Wobbie le gringalet », parce que je ne suis pas très grand.

Papa est absolument incapable de faire fonctionner une machine. Il l'a toujours été. Il continue à appuyer sur le mauvais bouton. Ah, enfin! C'est parti.

– Bonjour, Robbie...

C'est la voix de Mrs Tinley.

– Ici, Mrs Tinley.

J'avais compris !

– Ta classe est là, avec un tas de messages pour toi, pour t'aider à aller mieux. D'abord une chanson d'*Oliver* pour te donner du courage. Un, deux, trois. *Food, glorious food*[1]...

Ils chantent la chanson en entier, et je les accompagne dans ma tête. Je la connais par cœur. J'entends Marty bourdonner dans le fond. Il est incapable de chanter. Il n'émet qu'une seule note, sauf que ce n'est pas la bonne et, en plus, il chante très fort.

Marty est mon meilleur ami, depuis que nous sommes tout petits. Il a les oreilles décollées, qui dépassent des deux côtés de sa tête, il a des cheveux qui rebiquent et dépassent dans tous les sens. C'est la caractéristique de Marty, il dépasse de partout. Il a des pieds énormes, comme son père. Un jour, quand j'étais petit, j'ai essayé les chaussures de son père. On

1. « Nourriture, nourriture bénie... »

aurait dit des chaussures de clown. Je vais souvent chez Marty. J'aime beaucoup être là-bas. Personne ne range jamais rien, son père et sa mère rient sans arrêt, et Marty aussi. Parfois j'emmène Lucky avec moi. Ils ont un grand jardin, où Lucky peut courir et creuser des trous dans le sable, ils sont tous fous de lui. Marty fait du dog-sitting pour nous : quand on s'en va, c'est lui qui garde le chien. C'est comme une deuxième maison pour Lucky – ou plutôt, c'était. Marty joue très bien au foot, aussi. C'est le gardien de but de notre équipe. Il a de grandes et larges mains, comme des pelles, qui attirent le ballon, de vrais aimants.

La chanson est finie. Mrs Tinley insiste lourdement sur le fait que tout le monde souhaite que j'aille mieux.

– Maintenant, Robbie, voici Marty pour le premier message.

– Salut, Rob. On a joué contre St Jude samedi, et on a gagné, bien sûr. On les a assommés 4-1. Et le but qu'ils ont marqué, c'était un penalty. En plus, c'était injuste, je n'ai jamais touché leur avant-centre, il a plongé. Guéris vite, parce que tu nous manques. Et nous avons besoin de toi dans l'équipe. A bientôt.

— Salut, Robbie. C'est Lauren. Je suis la nouvelle qui est assise au fond de la classe et qui a des tresses de toutes les couleurs. Il faut que tu te dépêches d'aller mieux, car nous sommes très tristes de te savoir à l'hôpital. Reviens vite.

— Robbie, c'est Morris. J'espère que tu ne vas pas rester dans ta Tour, ce serait Fou, un Roi comme toi !

Morris, un vrai expert, le champion d'échecs de l'école – un cerveau comme un ordinateur. Je l'ai battu une seule fois, et encore, j'avais triché. C'est un type un peu bizarre. Avec ses lunettes, il ressemble à Harry Potter. Il fait toujours des plaisanteries et, ensuite, il nous les explique, comme si on était stupides et qu'on n'avait pas compris. C'est ce qu'il est en train de faire en ce moment.

— T'as compris, dans ta Tour, fais pas le Fou, comme aux échecs. Reste pas dans ta Tour, sinon tu seras échec et mat. Reviens bientôt, d'accord ?

– Eh, Robbie, c'est Barry. Tu te souviens de moi ?

Je ne suis pas près de t'oublier ! Barry qui deviendrait sympa ? Qui deviendrait gentil ?

– Écoute, je veux juste te dire : guéris vite, c'est tout. Quand tu reviendras, on pourrait être copains, non ?

On dirait qu'il pense vraiment ce qu'il dit. Il n'est peut-être pas si mauvais, après tout.

– C'est Freya. Tu m'entends, Robbie ?

Ça, c'est Freya Porter, elle est toujours très calme, et elle porte des espèces de mules ou de sabots. Je crois que sa mère est allemande. Elle parle avec un petit accent, mais c'est la meilleure de la classe en orthographe.

– Je trouve que c'est terrible ce qui t'est arrivé. Je dis des prières pour toi tous les soirs et j'espère que ça pourra aider. J'espère que tu sortiras bientôt de ton sommeil.

– C'est Imran. Robbie ?

Il joue Bill Sykes dans *Oliver Twist*.

– Tu as intérêt à ouvrir les yeux et à t'en sortir le plus vite possible, sinon tu ne seras pas dans notre prochain spectacle. Je reviens tout juste de mes vacances en Espagne avec mes parents, et j'ai appris ton accident. Mon père, ma mère et moi, on te souhaite de guérir très vite.

Puis Sam, Juliet, Joe. Tous. Tous ceux de ma classe. Je voudrais sauter de mon lit, courir dans la rue, traverser la cour de récréation, entrer dans la salle et leur crier :

– Me voilà ! Je suis revenu ! Je vais mieux ! Mais tout ce que je peux faire, c'est rester couché là, et pleurer dans ma bulle. Maintenant, ils chantent une autre chanson d'*Oliver* : *You've got to pick a pocket or two*[1]. Celle-là, je l'adore. Enfermé dans ma bulle, je ris et je pleure en même temps.

– Tu as entendu ça, Robbie ? me demande mon père. Ils veulent tous t'aider et t'encourager, comme Mam, Ellie, Mamie et moi. Réveille-toi, Robbie.

Il me secoue doucement.

---

1. « Il faut que tu piques dans une poche ou deux. »

– S'il te plaît, Robbie. Écoute, je vais essayer d'arranger les choses avec Mam, d'accord ? Tu iras mieux, si je le fais ? Je ne peux rien te promettre, mais je vais essayer. Vraiment. Tu crois que ça pourrait t'aider ?

Oui, Pap. Ça m'aiderait. Ce serait cool, vraiment cool. Ce serait super. Mais tous les mots que je voudrais dire restent dans ma tête. Je voudrais les en sortir pour que Papa puisse m'entendre. Pour une raison ou pour une autre, cependant, ils ne peuvent s'échapper.

Papa s'en va. Il me serre contre lui. Il pleure. Je sens les larmes sur ses joues. Je voudrais pouvoir pleurer, moi aussi. Je voudrais pouvoir pleurer toutes les larmes de mon corps.

ROBBIE AINSLEY TOUJOURS DANS LE COMA

Robbie Ainsley est toujours dans le coma à l'hôpital Wonford d'Exeter. Il avait été renversé par une voiture il y a quinze jours. Le conducteur du véhicule, Mr George McAllister, un notaire de quarante-cinq ans, originaire de Dumfries en Écosse, a été interrogé par la police au moment de l'accident, puis relâché, aucune charge n'étant retenue contre lui. Depuis son domicile, Mr McAllister nous a déclaré aujourd'hui : « Je regrette profondément ce qui est arrivé au jeune Robbie Ainsley. Je n'allais pas vite. J'ai fait tout ce que j'ai pu pour m'arrêter. Je me suis simplement trouvé au mauvais endroit au mauvais moment. Je ne peux que prier, et espérer que Robbie va s'en sortir. »

J'ai été envahi par un tas d'idées noires sur mes parents. J'en ai depuis que Papa a quitté la maison, elles reviennent sans cesse, et je ne peux pas les chasser. Je n'arrive pas à me les sortir de la tête. J'ai essayé. Mais je continue à voir cet immense collage de photos de famille, dans notre entrée, qui va de la porte de la cuisine jusqu'à la chambre du fond. Il y a des centaines de photos de nous tous, depuis des années et des années, des photos de vacances, d'école, de Noël, d'anniversaires, toutes mélangées, une sorte de patchwork familial, un patchwork de souvenirs. Lucky qui dort dans ma poussette. Lucky qui nage avec moi. J'aimais bien les regarder quand j'étais petit, je cherchais celles sur lesquelles nous étions, Lucky et moi. Maintenant, je les vois dans ma tête. Je les passe en revue.

Il y a beaucoup de photos de Mam et Pap avant leur mariage, avant ma naissance. Ils ont l'air vraiment jeunes et heureux, aux sports d'hiver ensemble, au bord de la mer, on voit qu'ils s'amusent bien. Il y a les photos du mariage – Mam en longue robe blanche et Pap très chic dans son costume. Ensuite, je suis là, avec eux. Ils ne semblent plus aussi heureux qu'avant. On dirait que je suis toujours entre eux – moi d'abord, puis Ellie.

Depuis que Papa nous a quittés, et en dépit de ce qu'il m'a dit l'autre fois, je me suis aperçu que c'est une chose que j'ai toujours sue. J'ai toujours su que c'était moi qui les avais séparés. Ellie et moi, mais surtout moi, je crois, parce que j'étais l'aîné. Je suis la cause de leur rupture. J'ai fait partir Papa – pas exprès bien sûr, mais simplement par ma présence, par ma naissance.

Si seulement Papa pouvait arranger les choses avec Mam, comme il a dit, je sens que je n'aurais plus toutes ces horribles idées noires. J'espère qu'il va y arriver. J'espère tellement ! Je croiserais les doigts, si je pouvais.

Je somnole, dérivant entre veille et sommeil. Mais je suis toujours là. Je suis toujours là, allongé dans mon lit. Des gens vont et viennent tout le temps. Parfois Marty passe me dire bonjour, mais il ne reste jamais longtemps, car il ne sait pas quoi dire. Il ne me parle jamais de l'accident. Personne ne m'en parle. Il ne dit jamais rien sur Lucky. Personne ne me dit jamais rien sur lui. Mais au moins, il me donne les résultats des matches de foot. Samedi, Chelsea a perdu contre Arsenal, et Marty était aux anges. Car Marty n'a qu'un défaut : c'est un supporter d'Arsenal. Mrs Tinley est venue et m'a apporté des fleurs. Mam était là.

– Mrs Tinley t'a apporté de ravissants freesias, m'a-t-elle dit. C'est vraiment gentil à elle, n'est-ce pas, Robbie ? Vous pouvez lui parler, si vous voulez, Mrs Tinley.

Je ne pense pas que Mrs Tinley ait très envie de me parler. Elle s'éclaircit la voix :

– Eh bien, Robbie. J'espère que tu as aimé la cassette que nous t'avons envoyée. Il faudrait que tu te dépêches de revenir à l'école, maintenant, tu sais. Tu rates beaucoup de leçons.

Je n'y avais pas pensé jusqu'à ce qu'elle le dise, et ça m'a donné envie de rire. Mais je n'ai pas pu.

Parfois je m'embrouille, je ne sais plus qui est venu et quand, qui se trouve encore dans la chambre. J'imagine que Mrs Tinley est partie, car Mam, Ellie et Mamie sont là depuis un moment et elles ne parlent pas comme si Mrs Tinley était encore dans la pièce. Ellie râle parce que je ne m'occupe pas bien de Pongo, qu'elle l'a retrouvé par terre sous le lit. Mamie continue à pleurer, à renifler, et à répéter qu'elle ne peut pas s'en empêcher. Mam annonce qu'elles vont bientôt repartir. Et je m'assoupis de nouveau.

C'est Papa qui est là, maintenant. Une courte visite, dit-il. Il doit aller aux répétitions. Il est vraiment content. Il a trouvé un autre boulot : on

lui a proposé de jouer dans une pantomime. Il sera l'une des deux horribles sœurs de Cendrillon, au théâtre Northcott.

– On jouera la pièce à Noël, dit-il. Il faudra que tu viennes me voir.

Ainsi, j'ai un père qui est une horrible sœur ! Bizarre, non ? Avant de s'en aller, il me chuchote à l'oreille :

– J'ai une surprise pour toi, Robbie. Il faut attendre un peu, le temps de la préparer, mais quand elle viendra, ce sera la plus belle surprise du monde. Je te le promets. Je ne peux pas te révéler ce que c'est, sinon ce ne serait plus une surprise. Le docteur dit que les surprises, c'est bon pour toi, et que plus elles sont grandes, mieux ça vaut. Celle-là pourrait vraiment te réveiller, Robbie. Elle est énorme ! Énorme !

Je sais aussitôt de quoi il s'agit. C'est évident. Ils vont se réconcilier, Mam et lui. Et ça, c'est cool. Super cool !

Je suis couché là à y penser depuis qu'il est parti, heureux de ce qu'il venait de m'apprendre. Mais en même temps, je me disais que Pap n'aurait pas dû me parler de la « surprise », parce que maintenant que j'ai deviné ce que c'est, ce ne sera plus une surprise.

Et si ce n'en est plus une, elle ne pourra pas me réveiller. Jusque-là, en tout cas, ça n'a pas marché. Je suis toujours plongé dans le coma. La surprise est dépassée. Le coma non plus, il ne faut pas le dépasser. Un coma dépassé, ça veut dire la fin. Ce n'est pas que la fin me fasse peur, mais tout le monde me manquerait, toute ma famille, et Marty, Chelsea, Zola, aussi. Zola me manquerait beaucoup.

Quoi qu'il en soit, ce serait vraiment bien pour Ellie si Mam et Pap vivaient de nouveau ensemble. Après le départ de Papa, Mam venait toujours pleurer à chaudes larmes dans ma chambre, et je ne pouvais rien dire, rien faire pour la consoler. Alors, même si mon coma est dépassé, si c'est la fin et si je ne me réveille pas, au moins Ellie sera de nouveau heureuse. Ce serait cool. Je ne sais pas pourquoi Mam déteste autant que je dise ce mot. « Cool », c'est pourtant cool !

Tracey aussi l'emploie souvent. Elle l'a dit tout à l'heure, quand elle est venue faire ma toilette. C'est le meilleur moment de la journée. J'en ai tellement assez, parfois, et puis Tracey entre, toujours contente, chaleureuse, bavarde !

– Toilette, Robbie. Oh, quelles jolies fleurs on t'a apportées ! Tiens, sens !

Et elle me les fourre sous le nez.

– Des freesias. Celles que je préfère. Vraiment cool. Je n'aime que les fleurs qui sentent bon. Les fleurs sans parfum n'ont aucun intérêt. Alors, Robbie, il paraît que tu as une horrible sœur en guise de père ! Il m'a dit que ce qu'il désire le plus au monde, maintenant, c'est que tu ailles le voir jouer la pantomime à Noël. Ça te laisse tout juste cinq semaines pour te secouer un peu, remettre tes idées en place et sortir de là. Ce n'est pas que je veuille te voir partir. J'aime bien ta compagnie. Tu sais ce que j'apprécie chez toi, Robbie ? C'est que tu ne te plains jamais. En même temps, tu es sûrement le seul malade dont je souhaiterais qu'il se plaigne. Le jour où tu te réveilleras et où tu te plaindras, tu seras sur la bonne voie, et tout le monde sera vraiment content, surtout moi.

Elle continue de bavarder tout en faisant ma toilette.

– Au fait, Robbie, ta mère a téléphoné. Elle viendra te voir en fin d'après-midi, et elle amène quelqu'un avec elle. Elle ne m'a pas dit qui. Ta grand-mère, je suppose. Elle est charmante, ta grand-mère.

Oh non, par pitié, pas Mamie! Elle va encore renifler. Je l'aime beaucoup, attention! C'est la mamie la plus cool qu'on puisse imaginer, un vrai crack aux jeux vidéo, une virtuose des crêpes, mais elle renifle sans arrêt et elle sent la poudre quand elle m'embrasse. Et dernière-ment, elle m'a beaucoup embrassé! Tout le monde m'embrasse d'ailleurs, sauf Tracey. Pourtant si je souhaite que quelqu'un le fasse, c'est bien elle! J'aime beaucoup Tracey. Parfois, j'en ai assez de l'entendre parler de ses ennuis avec Trevor le ringard et de son régime, c'est sûr.

Mais elle, au moins, elle me parle comme si

je l'écoutais, comme si j'étais vraiment vivant et que j'allais le rester.

– Voilà, ta toilette est faite, dit Tracey. Tu devrais te sentir un peu mieux.

Et elle repart. J'aimerais tellement pouvoir la remercier ! Parce que, c'est vrai, je me sens mieux. Plus frais, moins moite, moins cradingue. De toute façon, je me sens toujours mieux quand Tracey est dans le coin. En écoutant sa voix, je me suis fait une image d'elle dans ma tête. Elle doit avoir une trentaine d'années, et elle est sûrement très jolie. Grande, j'imagine, avec des cheveux bruns. Et elle a un petit anneau dans le nez. Je ne sais pas pourquoi, mais je suis sûr qu'elle a un anneau dans le nez. Je le verrai un jour, je verrai si j'avais tort ou raison. De toute façon, ça n'a pas d'importance, elle est cool.

Mam vient, comme l'avait dit Tracey. Mais Mamie n'est pas avec elle. Pas de baiser poudré. Il y a quelqu'un d'autre.

– Robbie, j'ai amené une personne qui voudrait te voir. Je vous en prie, Mr McAllister, vous pouvez lui parler. Il vous entend.

– Robbie ? Robbie ?

Je ne connais pas cette voix, ni ce nom.

– Il fallait que je vienne te dire que je suis vraiment désolé. Je m'appelle Ian, Ian McAllister. C'est moi qui t'ai renversé avec ma voiture. Depuis que c'est arrivé, je voulais t'en parler, t'expliquer... pour que tu saches à quel point je m'en veux, comme je me sens mal. Et puis ta mère m'a téléphoné pour me dire que cela pourrait t'aider si je venais te voir.

Vous vous sentez mal. Et moi, vous croyez que je me sens comment ?

– Tout s'est passé si vite. Il y a d'abord eu ton chien qui a débouché sur la route, qui a été heurté par l'autre voiture. Et soudain, tu étais là, juste devant moi. Je t'ai vu trop tard, Robbie. J'ai essayé de m'arrêter. J'ai vraiment essayé... Je suis désolé. Je suis tellement désolé !

Il parle comme un Écossais, et comme quelqu'un de triste, aussi, il a l'air réellement malheureux.

– Robbie, Mr McAllister a fait tout ce chemin depuis l'Écosse pour te voir.

Qu'est-ce que tu veux que je fasse, Mam ? Tu veux que je danse la gigue écossaise ? Tu veux que je me réveille et que je le remercie ? Très bien ! Merci de m'être passé dessus avec votre imbécile de voiture, Mr McTartempion.

Je suis furieux. La colère me fait bouillir. Si vous ne rouliez pas sur la route au moment où je suis arrivé, Mr McTartempion, je ne serais pas ici, vu ? A quoi ça sert, les freins ?

– Robbie, si je pouvais revenir en arrière...

Il me prend la main. A sa voix, j'imagine qu'il a une moustache et les cheveux coupés très court. Il a l'air gentil aussi, et honnête. Il dit ce qu'il ressent, et soudain, ma colère retombe.

– J'ai des enfants, moi aussi, Robbie, un peu plus âgés que toi. Et tu sais quoi ? Je n'ose même pas leur dire ce que j'ai fait. Quand je rentre à la maison, je ne peux plus les regarder en face.

Il ne pleure pas vraiment, mais il a la voix qui tremble.

– Je ne savais pas quoi t'offrir. Mais ta mère

m'a dit que tu aimais beaucoup le football. Alors je t'ai apporté un ballon pour que tu joues quand tu iras mieux. D'accord ? Dépêche-toi de guérir, Robbie, comme ça, quand tu seras réveillé, tu donneras un bon coup de pied dedans. Et tu pourras peut-être me donner un bon coup de pied à moi aussi, pour t'avoir envoyé là où tu es. Qu'est-ce que tu en penses ?

Ce serait cool. Il me tapote la main.

– Je m'en vais, maintenant. A bientôt, Robbie.

Mam l'accompagne vers la porte.

– Merci d'être venu, lui dit-elle.

– Écoutez, Mrs Ainsley. Je ferais n'importe quoi, n'importe quoi pour vous aider. Et merci, merci de m'avoir laissé venir. Je m'en veux tellement !

– C'était un accident, un terrible accident. Ce n'est la faute de personne. La police a dit que vous conduisiez lentement et prudemment. C'est arrivé, c'est tout. Ce qui compte, à présent, c'est que Robbie sorte du coma, et votre visite peut aider à le ranimer. D'après le docteur, tout ce qui peut le remuer, le mettre en colère est utile. Et merci pour le ballon de foot.

Il est parti, je suis de nouveau seul avec Mam. Elle est venue s'asseoir à côté de moi. Elle est irritée contre moi parce que je ne me réveille pas.

– S'il te plaît, Robbie, pour l'amour du ciel! Pour l'amour de moi. Mets-toi en colère. Mets-toi en colère contre lui. Mets-toi en colère contre moi qui t'ai demandé d'aller promener Lucky. Fais-moi des reproches, ça m'est égal. Mais dis quelque chose. Dis « cool » si tu veux. Crie-le un millier de fois et je ne te reprendrai pas. Je ne te reprendrai plus jamais, je te le promets.

Elle pleure et je voudrais me réveiller pour qu'elle arrête. Je ne veux pas lui faire de reproches, je veux me réveiller pour l'embrasser.

J'ai dû être examiné par une bonne demi-douzaine de médecins, chacun s'intéressant à une partie différente de mon corps : ma tête, mon cerveau, ma jambe. Mais c'est surtout le docteur Fortaleine qui s'occupe de mon cas.

Il est là en ce moment, il tire sur mes paupiè-res, et répand son haleine chargée d'ail sur moi. Mam continue à lui poser des questions auxquelles il ne veut pas répondre.

– Est-ce qu'il y a un changement, docteur ? Et pour le cerveau, il ne risque pas d'être endom-magé ? Pensez-vous que l'œdème a disparu à l'intérieur ? Docteur, combien de temps peut-il rester allongé comme ça, dans cet état ?

Lorsque le docteur Fortaleine en a fini de me palper et de me tâter de toutes parts, il sort de la chambre avec Mam, ce qui fait que je n'entends jamais les réponses. C'est pourtant de moi que vous parlez ! Moi – ma tête, mon cerveau, ma vie ! J'ai quand même le droit de savoir ce qui se passe !

Quand je ne dors pas, je ne pense qu'à la grande surprise de Pap. Mam ne laisse rien transparaître. Mais c'est cool. Je ne vois pas pourquoi elle le ferait. Après tout, c'est un secret, non ?

Tracey entre, toute joyeuse.

– Alors, on est seul, Robbie ?

Elle se penche sur moi.

– J'ai des nouvelles pour toi, me chuchote-t-elle. Tu es la première personne à laquelle je le dis. Tu vois ça, Robbie ?

Question idiote, Tracey. Tu sais bien que je ne peux pas voir.

– Ma bague ! C'est du toc, pour le moment – nous en achèterons une vraie plus tard. Écoute-bien : Trevor m'a tout simplement demandé de l'épouser ! C'est pas super ? C'est pas cool ?

Cool, Tracey, ouais, vraiment cool.

ROBBIE LUTTE TOUJOURS POUR LA VIE

Il y a un mois aujourd'hui, Robbie Ainsley était renversé par une voiture devant chez lui, à Tiverton. Il a une jambe cassée, souffre de sérieuses blessures à la tête, et, toujours plongé dans le coma, il est maintenu en état de survie artificielle à l'hôpital Wonford.

D'après les médecins, plus il reste longtemps dans le coma, plus il lui sera difficile de se remettre complètement.

Sa mère, Mrs Jenny Ainsley, nous a dit : « Robbie se bat pour revenir parmi nous. Les médecins, les infirmières font tout ce qu'ils peuvent. Et nous, sa famille, ses amis, nous prions et nous espérons. Nous devons croire que les choses vont s'arranger. Nous devons croire qu'il s'en sortira. »

Papa semble avoir complètement oublié sa grande « surprise ». J'attends qu'elle se produise chaque jour, j'en rêve, mais chaque fois que Mam et Pap viennent me voir, ils arrivent séparément. Mam ne parle pas de lui. Et Pap ne parle pas d'elle. Rien ne change. Papa promet toujours un tas de choses. Je ne sais pas pourquoi je le crois encore. Aucun des deux ne me dit un mot de Lucky. Mais s'il est mort, pourquoi m'en parler ? Ils savent que ça ne servirait qu'à me démoraliser.

Ellie considère que je suis déjà à moitié mort. Elle demande continuellement à Mam si j'irai au paradis quand je serai mort. J'espère au moins qu'il y a du foot au paradis, c'est tout ce que je peux dire. Si je dois mourir, j'aimerais bien qu'il y ait un paradis. Mais je ne veux pas encore y aller, ni là ni ailleurs. Je veux rester ici, et en vie. Je sais que si je veux rester en vie, il faut que je me réveille. Il le faut. J'essaye de m'évader de cette prison de toutes mes forces, mais mon cerveau m'en empêche. C'est comme si on m'avait enfermé de l'extérieur et que je ne trouve plus la clé.

C'est drôle. Avant l'accident, j'adorais rêver. Souvent, je savais que j'étais dans un rêve et j'essayais de ne pas me réveiller, je faisais tout ce que je pouvais pour y rester, pour voir où il m'emmènerait, comment il se terminerait. Mais je me réveillais toujours trop tôt et je ne savais jamais ce qui se passait à la fin. Maintenant, je n'ai plus qu'une envie, sortir de mon rêve – puisque je suis dans une sorte de rêve-bulle, qui est bien réel, cette fois. Je voudrais tellement le faire éclater, me libérer, vivre vraiment, être de nouveau moi. Au lieu de ça, je suis allongé là comme un légume, branché à des machines qui me maintiennent en vie. J'existe, c'est tout.

Il y a comme une sorte de bourdonnement, de chuchotement diffus dans l'hôpital, aujourd'hui. Tout le monde murmure au lieu de parler. On dirait qu'on veut me cacher quelque chose. Même Tracey fait des mystères. Ma toilette a été particulièrement longue.

– Je ne te dirai rien, Robbie, pas un mot, même si tu ouvrais les yeux à l'instant même. Tu pourrais m'offrir un million, tu ne tirerais rien de moi. Pas question, mon coco!

Elle chante de nouveau la même chanson : *Days I'll remember all my life...*

– C'est un grand jour pour toi, Robbie. Je veux que tu sois le plus beau possible pour l'occasion.

Quel grand jour? De quoi parle-t-elle? Est-ce que je vais sortir de l'hôpital? Qu'est-ce qu'ils savent que je ne sais pas?

J'entends des gloussements dans le couloir, suivis de plusieurs « chut! ». La porte de ma chambre s'ouvre. Elle crisse et grince, ce qui est une chance pour moi, car je sais toujours

quand quelqu'un entre ou sort. Cette porte
crisse et grince beaucoup plus souvent que
d'habitude, depuis quelques heures.

– Bonjour, Robbie. Alors, ça va ? me demande
Pap.

Il semble excité, mais il essaie de le cacher. Il
s'approche de moi.

– Robbie, tu te rappelles la surprise dont je
t'avais parlé ? Eh bien, c'est le jour. Elle est là.
Ou plutôt, il est là. Tu ne vas pas le croire,
Robbie. Mais il est venu exprès pour toi, parce
qu'il a entendu parler de ton accident, et qu'il
veut t'aider à aller mieux. Il a fait tout ce
chemin depuis le club de football de
Chelsea, Robbie ! Voilà ton héros. Voilà Zola.
Numéro 25. Gianfranco Zola !

– Robbie ?

C'est sa voix. Je reconnais son accent italien.
Je l'ai entendu à la télé. C'est lui ! C'est vraiment lui ! C'est Gianfranco Zola, le footballeur
le plus cool du monde, et il est venu me voir !

– Hé, Robbie, c'est moi. C'est Gianfranco.
Comme te l'a dit ton père, je suis venu te voir

parce que j'aimerais bien que tu te réveilles. Réveille-toi pour ta maman et ton papa, Robbie! Réveille-toi pour moi. Tu veux bien faire ça pour moi?

Si je veux? Si je veux? Bien sûr que je veux! Je crie en moi, je crie d'excitation, je crie pour me réveiller. Zola! Numéro 25! Ici! Incroyable! Si près que je pourrais le toucher. Je veux ouvrir les yeux et le voir, plus que tout au monde. Je devrais être capable de le faire, puisque c'est une vraie surprise. Si le docteur a raison, je devrais me réveiller. Mais je ne me réveille pas.

La vérité – et j'ai du mal à le croire –, la vérité est que je suis un peu déçu. Je suis déçu, car ce n'est pas la surprise à laquelle je m'attendais, ou que j'espérais. J'espérais que Mam et Pap viendraient me voir ensemble, que Pap serait rentré à la maison et qu'il y resterait. C'est complètement idiot! Gianfranco Zola, mon héros de toujours, est dans ma chambre, et je suis déçu.

J'entends qu'on approche la chaise qui est à côté de mon lit. Il s'assied. Il me prend la main.

– Ton papa m'a écrit, Robbie. Il m'a dit : « S'il vous plaît, venez voir mon fils. » Alors, je suis là. Si tu ne vas pas mieux, tu ne pourras plus venir nous voir au club de Chelsea, tu sais ? Pourtant, tu veux revenir, hein ? Bien sûr que oui. Tu sais ce que je vais faire ? Je vais te garder une place, spécialement pour toi, dans la tribune, pour que tu viennes quand tu seras guéri. Ça te plairait ? Le mois prochain, il y a un grand match. Nous jouons contre Manchester United, à domicile, à Stamford Bridge. Tu veux y être ? On va les réduire en miettes. On les chassera du terrain. Tout ça, juste pour toi. Mais il faut d'abord que tu sortes du coma. Réveille-toi pour nous, Robbie. Tu veux qu'on batte Manchester ? Alors, il faut que tu sois là pour nous aider. Tu m'entends ?

Je t'entends, Zola, je t'entends. Et je serai là, c'est promis.

– Quand on les aura battus à plate couture, je vais te dire ce que nous ferons, Robbie. Toi et moi, nous irons sur le terrain avec le ballon, pour se faire des passes. Je t'apprendrai des trucs. Qu'est-ce que tu en penses ? Il faut que je m'en aille, maintenant. Je dois m'entraîner. Je ne rate jamais l'entraînement. Mais je penserai tout le temps à toi, et toi, tu penseras à moi. D'accord ?

Il se lève, il s'en va. Réveille-toi ! Dis-lui merci ! Ne reste pas allongé là.

– Oh, Robbie, j'oubliais quelque chose.

Il revient.

– Je t'ai apporté un maillot. Il ne vient pas du supermarché ou de n'importe quel magasin. C'est le mien, le maillot numéro 25. Celui que je portais la semaine dernière quand nous avons joué contre West Ham. On aurait dû gagner, mais on a été un peu mous dans la seconde mi-temps. Enfin, match nul, c'est pas trop mal. Et ne t'inquiète pas. Il est bien lavé et tout propre pour toi. Il ne sent pas mauvais.

Il l'a déposé sur moi. Je sens sa douceur. Je sens son bleu. Je sens sa magie pénétrer en moi.

– Il te va à la perfection, Robbie. Toi et moi, on n'est pas très grands. Mais ce n'est pas la taille qui compte, hein ? C'est ce qui se passe dans la tête. Quand j'avais à peu près ton âge, j'étais toujours le plus petit. On me disait : « Gianfranco, tu ne pourras jamais être footballeur. Tu es trop petit, trop faible. » Et moi, dans ma tête, je me disais : « Je vais vous montrer. Je vais vous montrer à tous. » Alors montre-moi, Robbie. Montre-leur à tous. Réveille-toi. Je regarderai si tu es dans la tribune quand nous jouerons contre Manchester United. Tu as intérêt à y être, d'accord ?

Il dit au revoir à Papa. Cette fois, il est parti pour de bon, et la tristesse monte en moi, m'envahit, me submerge. C'est comme cette chanson sur le CD de Buddy Holly que Mam mettait toujours. *It's raining, raining in my heart*[1].

Maintenant, je m'aperçois que ma chambre est pleine de monde. Avant, je croyais qu'il n'y avait que Zola, Papa et moi.

— Ne vous inquiétez pas, Mr Ainsley. Ces choses-là prennent du temps, parfois.

1. « Il pleut, il pleut dans mon cœur. »

Le docteur Fortaleine m'examine en parlant.

– Son pouls bat plus vite. Et sa tension a augmenté. Robbie a écouté. Il a entendu, j'en suis sûr. Il a simplement besoin de temps.

– De combien de temps, docteur ? demande Pap. Ça va durer longtemps ?

– Qui sait ? J'ai connu des patients qui ont vécu pendant des mois comme ça.

– Mais certains d'entre eux ne sont jamais sortis du coma, n'est-ce pas, docteur ?

– Il ne faut pas voir les choses ainsi, Mr Ainsley, dit Tracey. Robbie fait de son mieux. Vous aussi. Et nous aussi. Si nous perdons confiance, il le sentira. Si nous l'abandonnons, Mr Ainsley, alors il pourrait nous abandonner, lui aussi.

– Je ne vois pas ce que je peux faire de plus, dit Papa. Je pensais que Zola arriverait à déclencher quelque chose. J'y croyais vraiment.

Je ne l'ai jamais senti aussi triste.

– Écoutez.

Tracey se met à parler à mi-voix, mais je l'entends quand même.

– Si Zola n'arrive pas à le ramener parmi nous – mais cela peut encore se produire –, il doit y avoir un autre moyen. Il suffit de le trouver, c'est tout.

– Que voulez-vous dire ?

– Allons en parler dehors, d'accord ? Nous ne devrions pas dire tout cela devant Robbie. Il entend peut-être chaque mot.

La pièce se vide. Tout le monde sort.

– Ce Zola, dit Tracey en partant, il est craquant. Vraiment craquant !

Puis la porte crisse, grince et je me retrouve de nouveau seul.

Craquant ! Craquant ! C'est un homme formidable, oui ! le plus cool de tous ! J'ai le maillot numéro 25, son maillot à lui ! J'aimerais bien que Tracey me le mette. C'est le truc magique dont j'ai besoin pour sortir de moi-même et retrouver le monde des vivants. Je le sais. Il le faut.

BOULEVERSÉ, ZOLA SE PRÉCIPITE AU CHEVET DE ROBBIE

Toujours dans le coma, Robbie Ainsley, le garçon de 10 ans victime d'un accident, a reçu hier la visite de son héros, le footballeur italien, superstar de Chelsea, Gianfranco Zola.

Après l'avoir vu, Zola a déclaré : « Lorsqu'on m'a parlé de Robbie, qu'on m'a dit qu'il pourrait se réveiller si j'allais le voir, je n'ai pas hésité. Je me suis rendu à l'hôpital, et j'ai fait ce que j'ai pu. J'ai des enfants, moi aussi. »

Mais malheureusement, pour le moment, cette visite ne semble pas avoir eu d'effet sur Robbie.

Les médecins de l'hôpital Wonford disent que son état demeure inchangé.

C'est bizarre, mais j'ai l'impression qu'on se transmet des messages par la pensée, Tracey et moi. La télépathie, je crois que ça s'appelle. Enfin, quel que soit le mot exact, ça marche. J'ai essayé plusieurs fois, et j'en suis presque sûr. Je pense à une chose et, tout de suite après, Tracey en parle. C'est presque comme si je pouvais influencer ses pensées. C'est pas cool, ça ?

Ce matin, j'en ai eu une preuve certaine. Après m'avoir examiné – encore une fois – le docteur Fortaleine a dit une chose près de la porte, là où il pensait que je ne pourrais pas entendre, une chose que je ne peux pas me sortir de la tête.

— Robbie n'a pas l'air bien ce matin, Tracey, pas bien du tout. Je commence à penser que nous pourrions le perdre.

Me perdre ? Me perdre, moi ? « Je commence à penser... » Il se prend pour qui, ce vieux Fortaleine ? Je ne vais pas mourir. Je lui montrerai, moi ! Comme l'a dit Zola, je lui montrerai. Je leur montrerai à tous. Le docteur me touchait le front, et il a demandé :

— Depuis combien de temps est-il là, exactement ? Depuis combien de temps est-il chez nous ?

— Ça fera six semaines demain, a répondu Tracey. Mais il se bat toujours, docteur. Je le sais. Il veut tellement en sortir ! Et il y arrivera. J'en suis persuadée. C'est drôle, docteur — Robbie ne m'a jamais dit un mot, bien sûr —, mais parfois, j'ai vraiment l'impression de le connaître, de savoir ce qu'il pense. Je sais qu'il est décidé à vivre.

— Bien, je reviendrai le voir plus tard, a dit le docteur Fortaleine, en sortant, laissant la porte crisser et grincer derrière lui.

— Et maintenant, ta toilette, Robbie ! a dit Tracey.

J'étais presque sûr que cette transmission de pensée était réelle, que je ne l'inventais pas, mais j'ai décidé de faire un test. Je me suis forcé à penser à une chose, et à une seule. Je me suis entièrement concentré sur le maillot de Zola. Dans ma tête, je disais à Tracey : « Je veux que tu me le mettes, Tracey. Je veux le porter. Depuis que Zola est venu me voir, qu'il m'a donné son maillot numéro 25, j'ai envie de l'avoir sur moi. Il me portera bonheur. Je le sais. Mets-le-moi, Tracey. Je veux sentir sa magie. » Je n'ai pensé à rien d'autre pendant qu'elle me faisait ma toilette. « Mets-moi ce maillot, Tracey. S'il te plaît. S'il te plaît ! » J'essayais de ne pas écouter ce qu'elle me racontait, de fermer mes oreilles, de repousser sa voix. Le maillot de Zola. Numéro 25. Le bleu de Chelsea. Chelsea 1, Arsenal 1. C'est celui qu'il a porté contre West Ham. Je m'imaginais dedans. J'imaginais Zola dedans, et j'essayais d'envoyer ces deux images dans l'esprit de Tracey.

Au début, on aurait dit que ça ne marchait

pas. J'avais beau essayer de toutes mes forces, je n'arrivais pas à lui faire comprendre ce que je voulais. Alors, j'ai fini par abandonner complètement. Je m'étais fait des illusions. C'était normal que je n'arrive pas à établir le contact. Les légumes ne peuvent pas communiquer, et je suis un légume, rien qu'un lamentable légume. Je m'en voulais terriblement d'avoir cru qu'une telle chose pouvait être possible.

Elle me brossait les cheveux et arrangeait mes oreillers, lorsque soudain, elle a dit :

– Je sais ce que tu veux, Robbie. Tu veux ton maillot de Zola, c'est ça ? Tu veux le mettre. Je l'ai accroché à la porte pour que ce soit la première chose que tu voies quand tu te réveilleras. Mais j'ai l'impression que tu essaies de me dire que tu aimerais le porter maintenant. Eh bien, d'accord, si c'est ce que tu veux, Robbie. C'est ton tee-shirt. Il doit être un peu grand pour toi, mais qu'est-ce que ça peut faire ?

Il lui a fallu un certain temps pour me sortir de ma blouse d'hôpital et me mettre mon maillot Chelsea. Elle avait raison. Il était trop grand pour moi, ample, large et merveilleux. J'étais allongé là, à me prélasser dans mon lit, dans le maillot numéro 25 de Zola. Alors, Tracey a dit :

– Eh, Robbie, tu as l'air cool, vraiment cool. Et tu sembles heureux, aussi.

Je l'étais. Je le suis. Pas seulement parce que je porte le maillot de Zola, mon maillot, mais parce que j'ai transmis à Tracey ce que je voulais qu'elle entende, et qu'elle l'a entendu. Je lui ai envoyé un message par la pensée et elle l'a reçu ! Je ne me sens plus seul, et c'est la plus belle sensation du monde !

Papa entre dans ma chambre.

– Bonjour, Robbie. Alors, ça va ?

Toujours le même vieux Pap. Mais quand il m'embrasse, je m'aperçois que ce n'est plus du tout le même vieux Pap. C'est quelqu'un d'autre, quelqu'un de plus doux, qui sent comme Maman. C'est Mam ! C'est elle ! Ils sont venus ensemble ! Mam, Pap, ils sont là tous les deux. Je me demande si Ellie est là, elle aussi, mais non. Personne ne saute sur le lit, pas de baisers mouillés et poisseux sur mon oreille. Ça me manque. J'aime bien quand elle est là. Elle me fait rire, dans ma bulle. Mais c'est cool : Pap et Mam de nouveau ensemble ! Il aura peut-être fallu que je me fasse renverser, et que Lucky soit tué pour les réunir, mais à nous deux, on y est arrivés.

Le plus drôle, c'est que personne n'ouvre la bouche. Ni moi, ni eux. Puis Papa murmure à Mam :

– Toi d'abord. Dis-lui.

– Non, toi.

Et soudain, une pensée horrible me passe par la tête. Ils sont peut-être venus m'apporter la pire des nouvelles, me dire qu'ils ont décidé que ce n'est pas la peine de me maintenir en vie plus longtemps. Ils vont débrancher le respirateur artificiel et me laisser dériver au loin, puis mourir. Je l'ai vu à la télé, lorsque quelqu'un est resté une éternité dans le coma, qu'on a décidé que ça ne sert à rien de continuer plus longtemps, on appuie sur un bouton, et c'est fini.

– Robbie ?

C'est Mam. Sa voix est solennelle, grave, triste. Ne le dis pas, Mam. S'il te plaît, je vais bien, dans ma bulle. Je me réveillerai. Laisse-moi un peu de temps, c'est tout. Ne fais pas ça, Mam.

– Robbie, nous avons parlé, ton père et moi.

Mon Dieu! S'il te plaît, Mam. Si seulement tu pouvais être comme Tracey, si tu pouvais lire dans mes pensées! Je veux vivre, Mam. Je veux rester avec vous. S'il te plaît.

– Eh bien, voilà, Robbie... Ton père et moi avons décidé... nous avons décidé d'essayer encore une fois – tu sais, de vivre ensemble comme avant. Mieux qu'avant. En étant plus heureux. Nous avons gâché un tas de choses, nous en sommes conscients, et nous savons à quel point c'était démoralisant pour toi, comme pour Ellie. Et pour nous aussi. Mais c'est fini, maintenant.

Ils ne vont pas me débrancher! Ils ne vont pas m'abandonner! J'ai l'impression de nager dans l'eau profonde et tiède et de remonter vers la lumière, vers l'air. Mais je ne peux pas atteindre la lumière. Je ne peux pas respirer l'air. Pap me tient une main, et Mam me tient l'autre. Ils essaient de me tirer de là, ils essaient de m'empêcher de me noyer, il veulent me libérer. Mais quelque chose me retient toujours en arrière.

– Robbie, tu entends ?

C'est mon père qui me parle, à présent.

– C'est grâce à toi, Robbie, c'est grâce à toi, à Lucky et à ce qui vous est arrivé, qu'on s'est retrouvés, ta mère et moi. Tu nous as fait réfléchir. Plusieurs fois, quand je suis venu te voir, j'ai senti que tu voulais que nous soyons tous de nouveau réunis. Et Mam dit qu'elle a senti la même chose. Alors, nous allons essayer – pour nous, pour toi, pour Ellie. Nous allons faire tout ce que nous pouvons pour que ça marche, Robbie. Mais il faut que tu sois avec nous. Nous avons besoin que tu nous reviennes, que tu reviennes à la maison.

Moi aussi, Papa, moi aussi.

– Ton père est rentré hier, Robbie, me dit Mam. Pour le moment, ça va.

Et ils éclatent de rire tous les deux, comme les jours où Lucky faisait son numéro, et j'entends qu'ils sont de nouveau bien ensemble, qu'ils sont heureux.

Je devrais donc être heureux moi aussi, non ? Gianfranco Zola est venu me voir, prêt à me donner sa chemise, d'ailleurs il m'a offert son maillot. Mam et Pap sont de nouveau ensemble. Qu'est-ce que je pourrais désirer de plus ? J'ai cette image dans ma tête : nous sommes tous ensemble dans le jardin, Lucky se retourne sur lui-même plusieurs fois, salue la compagnie, puis se met debout sur ses petites pattes de derrière. On s'amuse énormément, et Ellie se tord de rire.

Mais soudain, je me sens triste, car je sais que Lucky a disparu, qu'il ne reviendra plus jamais. C'était toujours lui qui nous mettait de bonne humeur. Je me rappelle comme je riais quand il s'est mis à courir ventre à terre après ce chat, avant que je m'aperçoive que le portail était ouvert, avant qu'il passe sous la voiture.

Il avait deux yeux noirs comme un panda, une petite queue boudinée qu'il remuait sans arrêt, et je l'aimais. Nous l'aimions tous. C'était notre clown, notre farceur, c'était notre meilleur ami. Marty et tous les autres trouvaient que c'était le chien le plus cool des environs, même quand il venait gâcher notre match de foot en courant après le ballon, en le mordant, puis en grognant une fois qu'il l'avait. Et quand on lui criait de s'en aller, il partait en courant, l'air malicieux, haletant, la langue pendante, ravi. J'aurais dû lui mettre sa laisse. J'aurais dû y penser. Il est mort et c'est ma faute.

La maison serait tellement silencieuse sans Lucky! Qui mordrait le facteur quand il franchirait la porte? Qui deviendrait fou et courrait après sa queue lorsque le téléphone sonnerait? Qui déterrerait les fleurs de Mam et la rendrait dingue?

Même si je me réveillais, les choses ne seraient plus jamais pareilles sans Lucky. Je suis couché là tandis qu'une bonne partie de mes rêves se réalisent, et pourtant je me sens affreusement triste, plus triste que jamais.

– Ce maillot te va bien, dit Papa. Comme l'avait prévu Zola, il te va à merveille. C'était super de sa part, de venir te voir, tu ne trouves pas? Tous les journaux en ont parlé, tu sais.

Photo de lui. Photo de toi. Je te les garderai pour que tu les aies quand tu reviendras à la maison, d'accord ?

Ils parlent de nouveau entre eux à voix basse. J'entends Mam pleurer et Pap qui la retient, qui tente de la consoler. Je sais qu'il le fait. Ils sortent et je voudrais qu'ils restent. J'essaie de les appeler pour qu'ils reviennent. La porte crisse et grince. Ils sont partis. Je suis seul. Je déteste rester seul. Je déteste ça.

Tracey arrive. Elle chante son autre chanson : *Imagine.* John Lennon. C'est une grande fan de John Lennon. Pap aussi. *Imagine all the people*[1]... Et elle la chante jusqu'au bout, vraiment bien. Elle pourrait être une rock star, mais je suis content qu'elle ne le soit pas, car elle ne serait pas ici, et je ne pourrais pas lui transmettre mes messages par la pensée. Je lui raconte ce qui se passe entre mes parents.

– Ça fait du bien de voir tes parents ensemble, dit-elle.

---

1. « Imagine tous ces gens... »

Elle m'entend ! Elle m'entend réellement !
Elle ferme les rideaux.

– Sale temps, dehors. Il pleut.

Puis elle vient s'asseoir sur mon lit.

– Accroche-toi, Robbie. Tu peux t'en sortir. Je
le sais. Je m'en vais, maintenant, j'ai fini ma
journée, et demain, c'est mon jour de congé.
J'ai rendez-vous avec Trevor, nous allons chercher un appartement. Il me rend vraiment heureuse, tu sais, et en plus, il aime John Lennon !
Je te vois après-demain, d'accord ? Sois cool.
A bientôt.

Je me dis : A bientôt, tu crois ça, Tracey ? Je
n'en suis pas sûr. Je serai peut-être mort quand
tu reviendras. Je suis si fatigué, Tracey. Je suis
fatigué de vivre ainsi, à moitié vivant, à moitié
mort. Ce n'est peut-être pas si mal de mourir.
Je retrouverai peut-être Lucky. J'aimerais tellement le revoir !

CRAINTES POUR LA VIE DE L'ENFANT DANS LE COMA

Les craintes pour la vie de Robbie Ansley, 10 ans, ont augmenté la nuit dernière, son état de santé s'étant aggravé. Robbie est en réanimation à l'hôpital Wonford depuis son accident, survenu il y a six semaines. Malgré tous les efforts qui ont été faits pour le ranimer, il est toujours dans un coma profond. Les médecins ne perdent pas espoir, mais précisent que plus Robbie reste longtemps dans le coma, plus il aura de mal à en sortir. Sa famille est presque constamment à son chevet, et des prières ont été dites pour Robbie aujourd'hui à l'église paroissiale de Tiverton, là où chante la chorale dont il fait partie.

Les médecins n'ont donné aucune indication aujourd'hui concernant le temps pendant lequel ils pensent maintenir Robbie en état de survie artificielle.

C'est étrange, mais ces derniers temps, les gens ne me parlent presque plus – à l'exception d'Ellie, bien sûr, qui, de toute façon, n'arrête jamais de bavarder. Mais on ne la laisse que quelques minutes avec moi. Tracey, Mamie, ou quelqu'un d'autre l'emmène jouer dehors parce qu'elle fait trop de bruit. J'aimerais mieux qu'ils la laissent là, parce qu'elle est remuante, rieuse, heureuse, et que j'aime l'entendre faire du bruit. C'est normal. Plus personne ne se conduit normalement avec moi.

Marty essaie de bavarder, d'être gai, mais il ne sait pas très bien faire semblant. Il ne tient pas longtemps. Je crois qu'il ne s'est jamais habitué à me voir dans cet état. Ça le démoralise chaque fois qu'il me voit. J'essaie de lui transmettre mes messages par la pensée, mais je ne parviens pas à l'atteindre. Et je pense qu'il me ment, aussi. Depuis un certain temps, presque chaque fois qu'il vient, il me dit que Chelsea a gagné un match. D'après lui, cette équipe arrive deuxième dans le championnat. Pourtant, Chelsea ne gagne jamais tous les matches, en général, ses résultats montent et descendent comme un Yo-Yo. Marty veut simplement que je me sente mieux. La dernière fois qu'il est venu, il a mis sa main dans la mienne, l'a pressée et m'a demandé de me réveiller. Puis il s'est mis à pleurer avant de sortir de la chambre. C'est la première fois qu'il me touche. Il me manque. Le football me manque. L'école me manque. Tout me manque.

Mam et Pap ne me disent presque plus rien. J'ai peur qu'ils ne croient plus en moi. Ils se contentent de s'asseoir et d'attendre, leur silence et leur tristesse emplissent l'air autour de mon lit. Ils murmurent parfois quelque chose entre eux, mais à moi, ils me parlent moins qu'avant. Enfin, au moins ils sont ensemble. C'est déjà quelque chose. Non, c'est plus que quelque chose. C'est le principal.

Mais le pire, c'est que même Tracey semble perdre courage. Elle ne chante plus comme avant, et quand elle est entrée dans ma chambre, tout à l'heure, elle pleurait. Je sais, je sens qu'elle ne pleurait pas à cause de Trevor. Et ça me fait plaisir. Je préfère qu'elle s'apitoie sur moi que sur lui. Il faut voir les choses en face, Robbie, si Tracey pense que tu ne vas pas t'en sortir, ce n'est pas bon signe, pas bon du tout.

Je dors beaucoup, désormais, presque tout le temps. Pourtant, je veux rester éveillé dans ma tête. Je sais qu'il le faut, sinon je vais mourir. On ne peut pas mourir si on est réveillé, logique, non? Si on se noie, par exemple – je l'ai lu dans des livres – et que l'on veut garder la tête hors de l'eau, rester en vie, il faut rester éveillé. Je chante les chansons de Tracey dans ma tête – *Days...* et *Imagine*. Je les connais par cœur. Il faut que je garde mon esprit en éveil.

Mais l'ennui, c'est que le sommeil est chaud, doux, tentant. Et quand il me prend par la main, je n'ai plus qu'une envie : me laisser aller...

Qu'est-ce qu'il y a après le sommeil, je me demande ? Un trou noir ? Le néant ? Le paradis ? Le trou noir ne m'attire pas beaucoup. Le néant non plus. Je préférerais le paradis, du moment que ce n'est pas là où vivent les Télétubbies, avec tous ces lapins idiots qui sautillent partout et ces bébés hilares qui gazouillent au soleil. Mais je n'aime pas penser à tout ça. Je ne veux pas y penser. Plus de trous noirs, plus de paradis aux lapins sautillants. Parce que je ne vais nulle part. Je reste ici, dans ce lit et je reste en vie.

Je vais penser à Chelsea contre Manchester United et m'imaginer dans la tribune à Stamford Bridge – ça, c'est le paradis ! Zola lève les yeux vers moi, il m'adresse un sourire aussi large qu'une pizza italienne et lève le pouce, avant de dribbler les défenseurs de Manchester United, et d'envoyer le ballon au fond des filets. Je suis debout, je lève le poing en signe de victoire. Lève le poing, Robbie. Continue à les acclamer. Continue à respirer.

– Il faut que tu vives Robbie, que tu vives !

Ce n'est plus moi qui pense. C'est Mam qui me parle et qui presse ma main, pour que je la sente, qui essaie à tout prix de me transmettre quelque chose.

– Vis, Robbie, mon chéri. N'abandonne pas. S'il te plaît.

Je n'abandonne pas, Mam. C'est vous tous qui abandonnez, pas moi. Je suis toujours là. Je te sens. Tant que je sens ta présence, c'est que je suis vivant. Je t'envoie sans arrêt des messages par la pensée, mais tu n'écoutes pas. Plus personne ne m'écoute, plus personne ne m'entend, même pas Tracey.

Puis Pap se lève.

– Je ne sors pas longtemps, Robbie. Le soleil tape contre la fenêtre. C'est un peu étouffant, ici. Je vais prendre l'air.

Lorsqu'il est parti, Mam pleure silencieusement en me tenant la main. Puis elle se met à parler :

– Il y a quand même une bonne chose dans tout ça, Robbie. Au moins, tu ne te ronges plus les ongles.

Elle rit. J'aime mieux ça, Mam. J'adore l'entendre rire.

– Si tu te réveilles, Robbie, il y a tellement de choses que je ne t'interdirai plus de faire. Je te le promets. Je ne te dirai plus : « Arrête de te ronger les ongles, Robbie. » Je ne te dirai plus : « Range ta chambre, Robbie. » Je ne te dirai plus : « Éteins la télé. » Et plus jamais je ne te dirai : « Arrête de dire cool. » C'est promis.

J'aimerais tellement continuer à l'écouter, j'entends qu'elle sourit en parlant, et j'aime l'entendre sourire. Mais je n'arrive pas à rester éveillé. Je me sens si lourd, à l'intérieur, si chaud ! Je m'éloigne d'elle, et m'enfonce dans le sommeil. Je ne peux pas m'en empêcher. Je ne sens plus sa main. Je n'entends plus sa voix. J'essaie de revenir vers elle, mais je n'y arrive pas. J'espère qu'elle sera là quand je me réveillerai.

Parfois, j'ai du mal à savoir si je rêve ou si je

suis réveillé. Je glisse dans le sommeil, j'entre dans mes rêves et j'en sors avec une telle facilité que je ne sais plus très bien où j'en suis. Pour le moment, au moins, je sais que je rêve, et je voudrais que ça ne s'arrête jamais, parce que je suis revenu à la maison, et que je joue dans le jardin avec Lucky. C'est un rêve que j'ai déjà fait et que j'aime beaucoup. Je suis allongé sur le dos dans l'herbe, Lucky est monté sur ma poitrine, il me lèche le visage. Je ne peux pas m'empêcher de rire et j'essaie de le repousser. Maintenant, il renifle mon oreille, gémit et pousse de petits cris plaintifs. Sa truffe est toute froide. Il sent le chien. Il sent Lucky et son haleine est encore pire que celle du docteur Fortaleine. Je voudrais rester pour toujours dans ce rêve. Je ne veux pas me réveiller et me retrouver à l'hôpital. Je veux rester là, dans le jardin, avec Lucky.

J'entends la voix de Papa, et je n'arrive pas à savoir si elle fait partie de mon rêve ou pas.

— Ce pauvre vieux Lucky, dit-il. J'avais oublié de laisser la fenêtre de la voiture ouverte. Il haletait comme un fou. Le soleil tape dur.

Pas d'air. Je voulais juste l'emmener faire un tour...

Mam l'interrompt.

– Tu n'as pas le droit de le faire entrer ici. Et si...

Pap lui répond :

– Écoute, il fallait essayer. Nous avons essayé tout le reste, tu es bien d'accord ? Je ne sais pas pourquoi nous n'avons pas pensé à ça avant. Si quelque chose ou quelqu'un peut réveiller Robbie, c'est Lucky, non ?

– Mais si on nous voit ? Les chiens sont interdits dans les hôpitaux.

– Personne n'a rien vu. Je l'ai caché sous ma veste.

Ce n'est plus mon rêve. Dans le jardin, j'étais dans mon rêve.

Mais à présent, je suis à l'hôpital, et c'est la vraie voix de Papa que j'entends. C'est la vraie truffe de Lucky qui se glisse dans mon oreille. Il est sur mon lit. Il me lèche tout le visage, les yeux, le nez, les cheveux, le menton, le cou, la bouche.

C'est Lucky ! Il n'est pas mort ! Il est là, en ce moment, à l'hôpital, sur mon lit. Il est vivant !

Pourtant, je l'ai vu passer sous la voiture. Je le sais. Il ne peut pas être en vie, à moins que... ? Je suis peut-être encore en train de rêver, après tout. Il n'y a qu'un seul moyen d'en être vraiment, vraiment sûr. Lucky me lèche les yeux. Il me dit de les ouvrir. C'est ce que je vais faire. Ouvre-les, Robbie, ouvre les yeux. Fais-le. Et je le fais. J'y arrive. Je vois, et je vois Lucky. C'est lui ! C'est vraiment lui. Je ne rêve pas. Ses petits yeux regardent droit dans les miens. Il me sourit. Sa langue est tout humide. Elle dégouline réellement de salive. Lucky est réel. Tout est réel.

Je lève la main pour le caresser, et c'est là que Mam et Pap deviennent tous les deux dingues, barjos, complètement fous.

– Regarde ! Il a bougé la main !

Maman a attrapé Papa par le bras.

– Il a les yeux ouverts. Robbie ? Robbie ? Tu nous entends ? Tu nous vois ? Parle-nous, Robbie. Parle.

J'essaie de sourire, et ça doit marcher, car ils m'embrassent tous les deux à la fois en pleurant.

Lucky a sauté à bas du lit, et il jappe bruyamment. Une foule de gens se précipite alors dans la chambre – un docteur en blouse blanche, le docteur Fortaleine, je suppose, et une infirmière, Tracey, ça ne peut être que Tracey. J'avais tout faux. Elle n'est pas grande, comme je l'avais imaginé. Elle est vraiment petite, blonde, et n'a pas d'anneau dans le nez. Ellie arrive et monte sur le lit. J'ai droit à un supplément de baisers humides et d'embrassades. Je suis inondé de larmes et de baisers mouillés.

J'essaie de parler. Je n'arrive à sortir qu'un petit son grinçant, mais c'est ma voix, et elle fonctionne, ou à peu près. Je voudrais tellement dire quelque chose, mais je n'arrive pas à prononcer de véritables mots. Ils tendent tous l'oreille et attendent, mais je ne parviens à émettre que des gargouillis et des grincements.

– N'essaie pas de parler, Robbie, me dit Tracey. Tu vas bien. Tu es revenu parmi nous. Tu es sauvé.

– Tes yeux sont ouverts, Robbie, dit Ellie. Tu as dormi pendant des jours et des jours, et maintenant tu es réveillé. Écoute, je t'ai donné Pongo. (Elle tient le lapin par les oreilles.) Mais en fait, je te l'avais seulement prêté jusqu'à ce que tu ailles mieux. Et maintenant que tu vas mieux, je peux le reprendre, hein ?

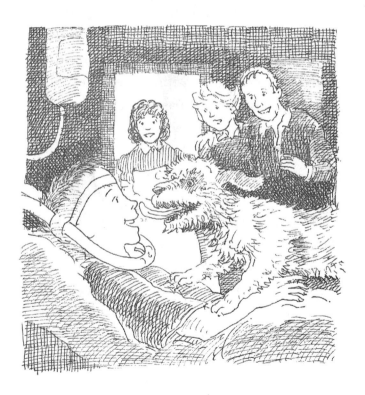

Ça, c'est bien Ellie!

Le docteur Fortaleine se penche sur moi, m'examine, regarde dans mes yeux avec sa petite lampe, puis met sa main sur mon front.

– Formidable! dit-il. Le pouvoir de guérison du corps est vraiment étonnant! Content de te revoir parmi nous, Robbie. Nous étions un peu inquiets à ton sujet depuis un certain temps.

Vous étiez inquiets, vous! Tout le monde s'embrasse et Lucky devient dingue. Une dame en blouse blanche, l'air furieux, entre et dit:

– Qu'est-ce qui se passe, ici? Que fait ce chien dans mon service?

– Ce n'est pas un chien, dit Tracey, qui rit entre ses larmes, c'est Lucky, et il fait des miracles.

Tout le monde pleure et rit en même temps. Je n'ai sans doute jamais rendu les gens aussi heureux. Je n'ai jamais été aussi heureux moi-même.

Seul Papa n'a encore rien dit. Je pense que, comme moi, il peine à retrouver sa voix. Lorsqu'il ouvre la bouche, ses mots sont exactement ceux que j'attendais.

– Bonjour, Robbie. Alors, ça va ?

– Cool, Pap, je m'entends dire. Vraiment cool.

Lucky est revenu sur mon lit et il se lèche en insistant sur les endroits gênants, à son habitude, comme si rien ne s'était passé.

– Ce chien est dégoûtant, remarque Mam.

Je lui réponds :

– Ce chien est cool.

Alors, Mam dit :

– Cool. C'est un si joli mot. Le plus beau du monde, le plus cool.

Il n'est pas impossible que Lucky sache ce qu'il a fait, car maintenant il me regarde comme s'il était content de lui, très content, même. Et il sourit. Le monde entier sourit.

LE GRAND JOUR DE ROBBIE, L'ENFANT MIRACULÉ

LA STAR DU FOOTBALL, GIANFRANCO ZOLA, TIENT SA PROMESSE

Afin d'essayer de sortir du coma Robbie Ainsley, 10 ans, victime d'un accident, Zola lui avait promis une place réservée aux personnalités dans la tribune, pour le prochain match de Chelsea à domicile contre Manchester United. Et samedi, Robbie était là pour regarder son héros affronter MU et marquer lui-même le but décisif...

« C'était formidable que Robbie soit là pour nous voir gagner, a dit le champion italien. Il aurait quand même été dommage qu'il sorte de son coma pour nous voir perdre ! Je lui ai fait un petit signe quand j'ai marqué mon but.

Un but que je lui ai dédié spéciale-ment. C'est un grand jour pour moi, pour toute l'équipe, car c'est presque comme si Robbie était revenu de chez les morts pour être avec nous. A mon avis, c'est beaucoup plus important que d'avoir battu Manchester United. »

La famille de Robbie l'a accompa-gné voir le match, avec son chien, Lucky. Le petit chien était passé sous une voiture lors du même accident, mais il a eu la chance, comme Robbie, de survivre.

Quel est le commentaire de Robbie sur ce grand jour avec son équipe préférée? « Gianfranco et moi, nous avons fait des passes après le match. Juste lui, moi... et Lucky. C'était cool. »

Mais cette grande journée ne s'est pas arrêtée là pour Robbie. Il est arrivé à Exeter à temps pour la séance de pantomime du théâtre Northcott où il a pu voir son père jouer le rôle de l'une des horribles sœurs de Cendrillon.

Et selon Robbie: « Il était cool, vraiment cool. »

L'auteur

Né en Angleterre, **Michael Morpurgo** est l'auteur de plus de 90 livres, nouvelles, scénarios ou comédies musicales, traduits et primés dans le monde entier. Il s'occupe également avec sa femme, Clare, d'une ferme où ils accueillent des enfants de quartiers défavorisés qui ne sont jamais allés à la campagne. En Angleterre, il est l'un des écrivains préférés des enfants et a été nommé Children's Laureate 2003-2005. Il est à ce titre ambassadeur officiel de la littérature de jeunesse dans le monde. Il a publié de nombreux romans dans la collection Folio Junior, dont *Le Roi Arthur*, *Le Roi de la forêt des brumes* et *Cheval de guerre*.

· Maquette : Aubin Leray
Loi n° 49-956 du 16 juillet 1949
sur les publications destinées à la jeunesse
ISBN : 2-07-056613-7
N° d'édition: 144887
Premier dépôt légal: juin 2002
Dépôt légal: mai 2006
Imprimé en Espagne
par Novoprint (Barcelone)